우리는 연인 4

시아기획시집 **007**

우리는 연인 4

안창모 제4시화집

인쇄일 | 2025년 04월 23일
발행일 | 2025년 05월 01일

지은이 | 안창모
펴낸곳 | 도서출판 시아북(詩芽Book)
출판등록 | 2018년 3월 30일
주소 | 대전광역시 동구 선화로214번길 21(3F)
전화 | (042) 254-9966, 226-9966
팩스 | (042) 221-3545
E-mail | siab9966@daum.net

값 15,000원
ISBN 979-11-94392-25-5(03810)

시아기획시집 007

우리는 연인 4

안창모 제4시화집

시아북
블루BOOK

자기가 사랑하는 사람에 대한 진심과 사랑입니다.

나태주(시인)

미안한 말씀이지만 처음, 이 시인의 시는 서툴렀습니다. 그러나 그 안에는 진심이 있었습니다. 사랑이 있었습니다. 자기 자신에 대한 진심과 사랑이 아니라 자기가 사랑하는 사람에 대한 진심과 사랑입니다. 그렇습니다. 타인에 대한 사랑과 진심과 배려, 그것이야말로 시의 가장 좋은 토양이고 기본입니다.

그 기본을 바탕으로 하여 이 시인의 시는 점차 변모를 거듭하고 거듭한 끝에 이제는 참 아름다운 시의 세계를 열었습니다. 시의 진경進境입니다. 외람된 말씀이지만 요즘 나는 이 시인의 시처럼 진심인 시를 읽어본 일이 없습니다. 그런 점에서 시인은 타고나기도 하지만 길러지기도 한다는 사실을 새삼스럽게 깨닫습니다.

왜 그럴까요? 역시 이 시인이 자신의 시에 대해서 진심과 사랑을 기꺼이 바쳤기 때문입니다. 나는 젊은 시절 시인은 하늘로부터 형벌을 받은 사람, 천형天刑을 받은 인간이라고 생각한 적이 있습니다. 하지만 그 반대로 시는 초라하게 불행하게 살아가는 사람에게 주시는 하늘의 축복이라고도 생각했습니다.

　오늘에 안창모 시인의 시를 읽을 때 두루 찾아오는 생각들이 그렇습니다. 본인이 생각할 때 많이 불편하고 상실했고 아쉽다고 생각하는 일들이 두루 있겠지만 그 일들은 시인에게 아주 많은 축복으로 다시금 태어났다는 것을 아시기 바랍니다. 당신이야말로 이 땅의 참 좋은 시인 가운데 한 분입니다. 그 증거가 바로 이 시집에 실린 시편들입니다. 앞으로도 계속 이대로 나아가 승리하는 시인이 되시기 바랍니다.

2025. 03.

나는
당신의
연인이 되고 싶습니다

오늘도
당신
가까이 가고파

당신에게
편지를 씁니다

2025. 03.

용인 마북산록에서 안창모

차례

제1부 별이 쏟아지는 밤에

제2부 어느 화가의 꿈

제3부 기도

제4부 황혼의 사랑

제5부 바다, 하늘 이야기

제6부 슬픈 터널

제7부 무심천 사랑

제1부

별이 쏟아지는 밤에

꽃
노래

행복 하기를

A. C. M.

어느 첫사랑 이야기

"아니! 저렇게 예쁜 소녀가 있다니"
두근두근 가까이 가지도 못하고
나는 조금 떨어진 거리에서
그녀를 훔쳐보았다
그리고는
사랑이라는 그녀의 늪에 빠져버렸다

수소문 끝에 그녀 주소를 알아
나를 본 적이 없는 그녀에게
2년이 넘도록 매달 편지 보냈다
보고 싶다는 편지가 왔다

꿈같은 첫 랑데뷰
오랜 친구인 양 손잡고 강변길 데이트
온 세상은 내 차지 인양
새들은 노래하고 하늘은 푸르고

그리고 그 후

story는 어떻게 되었나요

왜 말이 없나요

슬픔에 대하드라마 강물이 되었나요

아직도 원고는

쓰여지고 있나요?

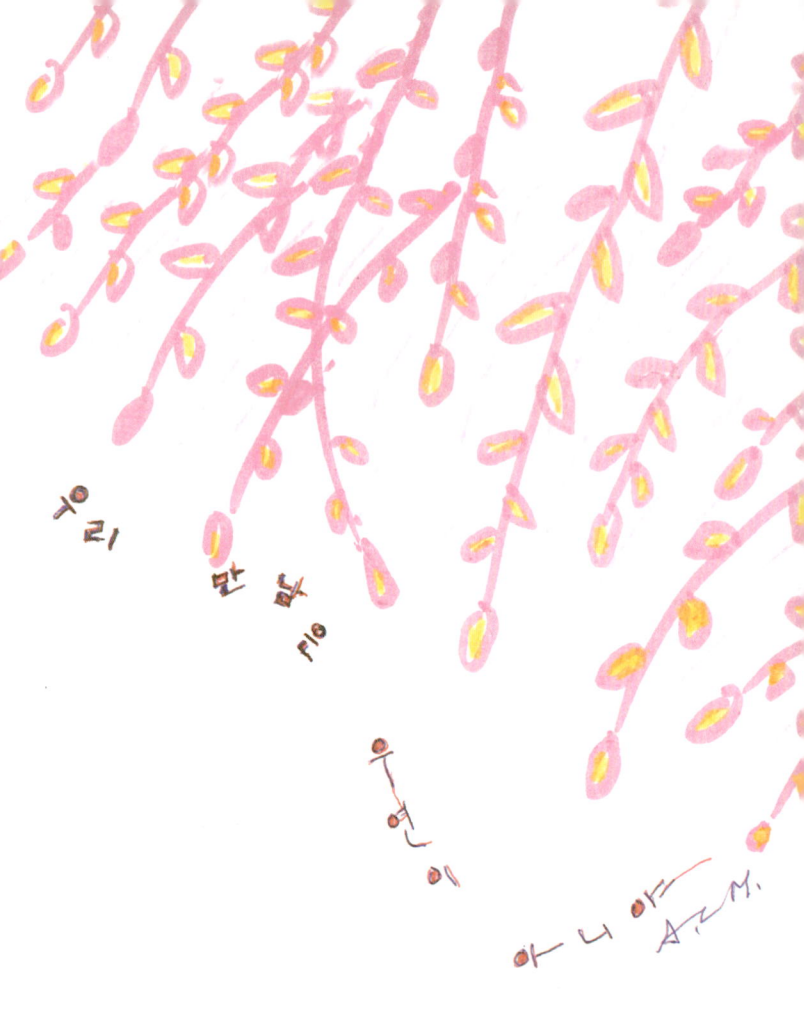

우리 만남은 우연이 아니야 AZM.

* 노사연 노래가사

그 사람

라일락꽃
피는 계절에
만난 사람

라일락꽃 피면
생각나는
그 사람

* 라일락 꽃말: 첫사랑, 젊은 날의 추억

행복

인생사 별거 읍슈
아침에 눈이 떠지니 일어나는 것이고
마누라가 끓여주는 김칫국 먹는 것이고
특별한 일 없어도 또 하루 사는 것이여

한때는 가난살이 챙피해
시골 탈출 도시로 갈까 생각도 하고
파랑새 찾아 헤매어 보았지만
보이지도 않고 잡을 수도 없었어유

이웃 친구 몇몇이 주막집에서
식설 객설 막걸리잔 부딪치다가
집에 돌아오는 길 마켓에 들러

손자 손녀 줄 별사탕 사고
마누라 삐질까 봐

찹쌀떡 앙꼬모찌 사가지고

가는 발거름

덩실덩실 가볍네유

인생사 별거읍슈

그대

봄

여름

가을

겨울

계절이 가고

한해

두해

또 한해가 가고

⋮

10년

⋮

20년

⋮

세월이 가고

⋮

보고픈 그대

시인의 마음

나는
당신의
연인이 되고 싶습니다

오늘도
당신
가까이 가고파

당신에게
편지를 씁니다

버릴 수가 없네요

당신은 왜 그리 서둘러 먼 곳으로 갔는지
남들은 옷장에 옷도 신발장에 신발들도 버리고
다른 것들도 서서히 버리라고 하네요
그러나 난 그럴 수가 없네요

당신의 손길이 닿은 것들
화분 화장품 성경책 안경 베개
사진액자 물병 머리핀도…
버릴 수가 없네요

있는 그대로 하나도 건드리고 싶지 않네요
당신이 곁에 있을 때는
그저 그런 것들이었는데

오늘은 당신이 쓰던 손수건 하나
깨끗이 빨아 빨래 대에 걸어 놓았어요

당신이 좋아한 난 화분에 물도 주고

지갑 핸드폰 만져 보고

상사화

먼 먼 옛날에
슬픈 사랑
이루어질 수 없는 사랑
민담인지 실화인지

어느 날 법당에
아주 예쁜 처자가 찾아왔데요
스님은 첫눈에 마음 뺏기고
열반에 드셨답니다

저승에서도
만날 수 없는 애틋한 사랑
잎이 먼저 돋아나고 진 후

꽃대가 나오고 꽃이 피는
잎과 꽃이 함께 있지 못하는
이승에 꽃으로
상사화로 피었답니다

그래서 인지
못다 한 아쉬움인지
붉은 열정 가득 담고
피어 있네요
애틋하네요

* 상사화: 푸른 잎은 겨울 봄 지나 없어지고 7, 8월 꽃대 위에 꽃이 개화함

어머님

평생에
단 두번
뵌 일이 있습니다

어머님이라고
불러도 될까요
하고 부르는 어머님

속으로 속으로
불러보는 어머님
제게는 그런 어머님이 있어
행복합니다

오늘도
내 안에 깊은 곳에
감추어두고 부르는 어머님
속으로 속으로 부르는 어머님

저만치 두고
바라보는 어머님
불러보는 어머님

소녀 같은 어머님

채송화

미리네
은하수 강 건너
동화의 나라에서
나들이 소풍 왔나 봐
울 밑에 공주님

아침 이슬방울 세수를 하고
아침 햇살 꼬까옷 차려입고
봉선화 백일홍 분꽃하고 놀다가
한나절엔 고추잠자리 친구삼아
소록소록 소꿉장난하더니
피곤했나 봐 잠들었나 봐

휘영청 달빛에

꿈꾸고 있나 봐

동화 속 열차 타고 어디를 가나 ?

아기 공주님

잠자는 공주님

인연 따라 살라 하네요

당신은
왜 오늘도
계절이 가고 해가 가도
가슴속에 불씨 하나
애타게 피우고 있나요
잊어버리면 훌훌 털어 버리면
마음이 편할 텐데 안되나요

꽃 한 송이 줄 수 없는
사람인 줄 알면서
오늘도 추억에 음표
오선지에 되돌이표 그리고 있나요

불가에서는
가는 인연 고이 보내고
오는 인연 맞이하라 하네요
인연 따라 살라 하네요

그대

그대
잊었을까
내 이름도 잊었을까

그대
예쁘던 얼굴
변했을까

보고픈 그대

제2부

어느 화가의 꿈

어느 화가의 꿈

갤러리 벽 내 그림
보고 있는 저 아가씨
오래도록 발길을 떼지 않고
왜 보고 있을까
내 그림 좋아하나 봐

여보세요
어디서 오신 누구신가요
제 그림이 마음에 드시나요
왜 그토록 오래 보시나요

그래요
너무너무 좋은 그림이네요
마음에 들어…

그러세요
정 그러시다면

두고두고 마음 변치 않고
아껴주고 간직해 주신다면
그냥 드릴 게요

어머나 감사해요
고마워요 작가님
세상에 제게 이런 행운의 날도 있네요
저는 신데렐라 공주가 되었네요
화가님은 이름이 뭐예요
어디 사시는 분이셔요
화가 왕자님

기다리는 마음

기다리고
기다려도
소식도 없고

소식
올리도
올리도 없건만

그래도
기다리는 것

그대

눈이 내리네

　　⋮

　　보

　　⋮

　　고

　　⋮

　　픈

　　⋮

　그대

물망초

전설인가
실화인가

보고파 하다가
그리워하다가

했을 것 같은 말,
그대 꽃말

"나를 잊지 마세요"

스켓치북에
너를 곱게 그려 보내면

알아주려나
내 마음

A.C.M.

46

기다림

하루 종일
비가 내렸다

진종일
담 너머 동구 밖 길
바라보았다

기차는
산모롱이 골짜기로
가뭇가뭇 사라져 갔다

그대는 나의 연인

그대는 나의 연인
그간에 꿈같던 우리 사랑은
나 만에 변주곡으로 남긴 채
이별이란 이유도 없이 말도 없이
그대는 만날 수 없는 먼 곳으로
가 버렸습니다

서러움 남겨놓고

마음 편히 잊을 수 있다면
가슴 시린 가슴앓이 안 하련만
애틋한 추억들은 안개 속에서
자꾸만 피어납니다

가뭇가뭇 피어납니다

기적소리 들려오면
그대 오시려나
아직도 이별은 아니라고
그대는 나의 연인이라고
불러 봅니다

그대 나 까마득히 잊고 산다 해도
나 그대 간직하고 살으렵니다

언젠가는 내 생각이 나 외로워지면
아무 걱정 마시고 찾아오세요

온 세상 당신 것인 양
맞이할게요

오빠야 캣츠야

처음 만나
데이트 길
우리는
오빠야 캣츠야
라고 부르고

결혼하고도
우리는
오빠야 캣츠야
라고 부르고

칠순에 지금에도
우리는
오빠야 캣츠야
하며 산대요

* 캣츠: 고양이 애명

쭈쭈쭈쭈 뽀글뽀글

자기야 집에 올 때
쭈쭈쭈쭈
쭈쭈바
사가지고 와

알았스용
여보오옹
떠국라면
뽀글뽀글
끓여놓고 있어랑

우리 부부
요로콤
쭈쭈쭈쭈
뽀글뽀글
살고 있어요

생각이 나네

비가 오면
한 우산 속 비 맞으며 걷던 길
생각이 나네

소낙비
억세게 빗발쳐 내리던 날
한 우산 속 내 마음은
더 가까이 기대고파
팔꿈치 그 님에게 붙여
밀며 밀며 걸었어요

아는지 모르는지
그 님도 내게 더 바싹 가까이
비벼 밀어주고 밀어주고
우리의 어깨는 더 감싸여지고
소낙비 빗줄기는 더 세차게

빗발쳐 몰아치고
옷은 더 젖어만 가고

우리 사랑 한 우산 속 행복했어요
꿈결처럼 행복했던 한 우산 속 걷던 길
다시 또 그런 날 오면 얼마나 좋을까
생각이 나네

10월이네요

청포도 먹으며
10월은 바다 건너 저 멀리
있는 줄 알았습니다

어느새
10월을 맞이하네요
우리 사랑
고운 단풍잎 사뿐사뿐 밟으며
곱게 곱게 걸었었지요

그 옛날
꿈처럼 행복했던 산책길
당신 보고파 다시 찾아왔어요
들국화 산책길 찾아와 걸었어요
허공 속 맴도는 추억들이
파노라마로 밀려오네요

예쁜 고운 단풍잎 하나
당신 머리 위에 나비 핀 만들어
꽂아주던 일 생각이 나네요

가을이네요
당신은 잘 있는가요

사랑 사랑

우리
바보 내기
가위바위보 할까
지는 사람 아이스크림 사오기

가위
바위
보

오!
오늘도 당신이 이겼네
당신은
어제도 오늘도 바위만 내고
나는
가위만 내고

길

네가 좋아
마냥
달려갔던 길
그리고 싶었던 길

지금도
걷는 길
너를 찾아가는 길
그리고 싶은 길

당신

갑자기 바다가 산이 되고
산은 바닷속으로 사라지고
이렇게 일찍 가실 줄이야

외출하고 돌아와 문을 열고
"여보 나 왔어" 하면
잘 다녀왔느냐는 듯
바라보던 당신

그러나 지금은
소파에서 TV 보는
당신 모습 보이지 않고
주방에서 요리하는 모습도
보이지 않고

옷 세탁하여 가지런히
접는 모습도 보아지 않고

오늘 외출 즐거웠냐 는 말도 없고

얼핏 설핏 바라보기만 해도
그려그려 알았어요
하기만 해도
행복했는데

우리 행복 천사들이 시기하여
데려갔나 왜 그리 일찍 갔나

당신이 주관하던 성경모임 책
매일성경책 탁상 위에 놓여 있고
바로 옆 화장 그릇 바구니
그대로인데

어찌하여 당신은 말이 없나요

저도 한잔하고 싶네요

맥주 한 잔 하실래요
어느새 맥주잔은
슬픔에 교향곡 인가
나이아가라 폭포인가
그녀의 눈물인가

방울방울 떠오르고
눈물 넘쳐 흘러 내리네

마음고생 많이 하셨나 봅니다
애달픈 사연 있었나 봅니다
그렇게 울지만 말고
얘기 한번 해 보세요

아! 그러셨군요
슬픈 사연 고생이 많으셨군요

자 그만 울고 맥주 한 잔 드세요

어서요

저도 한잔하고 싶네요

제3부

기도

기도

비가 오고 눈이 오고
햇빛 비추고 바람이 불고

새들도 찾아오고
풀꽃도 피어나고
이웃들이 있고

그 속에 나도 있으니
얼마나 좋은가

저 높은 곳을 향하여
일상의 행복을 감사하며
내가 받은 탤런트
보배로운 탤런트 뿌리며

세상엔 기쁨 꽃 피어나고
사랑 축복 가득하기를

오늘도 겸손한 마음으로

새날을 맞으며

님에게 기도합니다

먼 후일

먼 후일
어쩌다 외로워지면
내 생각 나겠지요

먼 후일
어쩌다 내 생각나면
내 이름 불러주세요

제가 얼마나 울었는지
당신은 모를 거예요
제가 얼마나 아파했는지
당신은 모를 거예요

먼 후일
어쩌다 내 생각나면
내 이름 불러주세요

우리는 연인

우리 사랑
꽃밭에
너울너울
나비 사랑
우리는
우리는 연인

바람과 갈대

소슬한 바람이 헤메이다가
강가에 갈대에게 속삭였습니다
갈대야 너는 왜 그렇게 울고 있니
갈대는 말없이 강물만 바라보았습니다

갈대야 네 슬픈 이야기 말해 줄 수 없니
갈대는 한참을 말이 없다가
바람아 저 흘러가는 강물이 다시는
만날 수 없듯이 내 사랑도
만날 수 없을 것 같아 울고 있어요

그랬군요 갈대님 실은 저도
첫사랑 강물처럼 흘러가 버리고
기약도 없는 외로움에 흘러가는 강물 보고
울고 있었어요

소슬바람 휘영청 밝은 달밤에

강가에 바람과 갈대는

슬픈 마음 달래며

오늘도 둘이는 울고 있답니다

기러기

"기럭 기럭
    어데로 가나"

사진첩을 보며

인생은 함께 걸어가는 여행이라 했던가

남원 광한루 호숫가 포즈 이 사진은
당신과 나
이도령과 춘향이 되고 싶었나

제주도 천지연폭포 사진은
당신과 나
시원한 물보라 속 샤워하고 싶었나

런던 템즈강 난간에서 포즈는
막 영화 촬영 끝낸 배우인 양
우리는 뽐내고 있네

속리산 문장대 난간 길
아찔아찔 무서워해 잡아주고

바다 건너 파리 세느강 유람선 타고

에펠탑 불꽃놀이 보고

몽마르트 언덕 카페 커피향은 당신에 향기로

사진첩 카페에서 피어오르네

여보 지금은 그곳

천사들과 산책하고 있나요

조금만 기다려요 달려갈게요

물보라폭포와 물레방아 사랑

그대가 물보라폭포 라면
나는 물레방아
나는 그대 안에 빙빙 돌며 행복합니다

저 깊은 산 물줄기 따라 찾아온 그대
물보라 폭포로 날 감싸주고
시원한 물보라 뿌려줍니다

내 사랑 그대 있어
행복합니다 빙빙 돌리다
사람들은 우리사랑 부러워
시샘하며 사진도 찍고

오늘도 우리는
물레방아 사랑
빙빙 돌리다

첫사랑

저 푸른 초원 위에
그림 같은 집을 짓고

우리 함께 살자
그랬었나요

아직도 그대는 나의 연인입니다

안개 속 아득히 사라진 추억
그대 고운 목소리 다정한 얼굴
스치는 바람에도 들리는 듯 보이는 듯
다가옵니다

길가에 꽃들만 바라보아도
우리 걷던 데이트 길
떠 오릅니다

어찌어찌 이유도 모르는 채
마음 달래주지도 못하고
이별이란 인사도 없이
헤어질 인연이었나

타인으로 사는 사람
꽃 한 송이 줄 수 없는 당신
그대가 투정대는 모습도 사랑스럽던 당신

난 그대를 보내지 않았습니다
당신은 아직도 나의 연인입니다

당신의 고운 향기는 떠날 줄 모릅니다
내 영혼을 다하여 사랑한 그대
당신의 향기 속에 살으렵니다.

어쩌다 당신 외로워져 내 생각나면
그때 내 이름 불러 주세요
그때 내 이름 불러 주세요

미역국

매년 내 생일이면
아내는 미역국을 끓여주었다
내일 10월 3일은 당신이 먼 곳으로 가고
처음 맞는 당신의 생일날이다

이제는 내가 아내 생일에 미역국을 끓여
추모원에 가지고가 잘 해주지 못해서 미안해
말하고 싶다

찬물에 미역을 헹구며
속리산 문장대 데이트 길 너무 힘들었나
발이 아파 계곡물에 발 담궜던 일
생각나고

풋고추 생마늘 송송 쓸며
당진 한진 포구 전대리 바닷가
생각나고

국거리 소고기 썰며
45년 둥지 틀고 함께 걸어온 길
한 편의 파노라마 영화로
펼쳐 다가오네

생전에 내가 밥도 짓고
국도 끓여 주었더라면 얼마나 좋았을까
이제야 후회하는 마음 아무 소용 없으련 만
여보 이 미역국 먹어 봐요
당신에 생일을 축하 해요

강가 갈대밭에서

한 번 흘러간 강물은
다시 되돌아 올 수 없는 것인가

우리에 사랑도 강물처럼 흘러가고
다시 돌아올 기약은 없는 것인가
흐르다가 행여 여울목에서 빙빙 돌다가
다시 만날 수는 없는 것인가

강둑에 주인 잃은 주인 잃은
나룻배 하나
하염없이 강물만 바라보고 있네
외로운 눈물 강물에 떨구고 있네

나룻배야 너도 나처럼
강물에 외로움 달래고 있니

모두가 떠나간 강가

소슬한 바람만 부는 강가

반백의 흰 머리카락 날리는 갈대

쓸쓸히 바람결에 울고만 있네

밝은 달 떠오르고 바람 잦아들면

갈대울음 그치면

떠나간 님 오시려나 오시려나

소식 없는 계절편지

얼마 전만해도
온통 가을 산야 단풍잎
붉게 타고 있었는데

가을인가 싶던 가을
어느새
흰 눈 나 분분
헐벗은 나무 가지들 추위에 떨고

기다려도
기다려도
님 소식 기약도 없고
쓸쓸한 창가 비는 내리고

다시 또 어느새
시냇가 버들가지 눈 트이고

창밖에 소식 없는 계절 편지

봄은 오는가

기러기 기럭기럭

기러기
기럭기럭 우는 달밤에

고향 생각
동무 생각
어머님 감주 곶감 생각
함박눈 소록소록 내리던 밤

어느새 아내 생각
아내 떠난 지도 여러 해
속절없이 슬픈 밤

아들, 며느리
밥 잘 먹었냐고
잘 있느냐고 전화 오지만

저 기러기
기럭기럭 어디로 가나

저녁밥 차려놓고 기다리는
집으로 가나

라일락

은은한 달빛
가든파티에
춤추는 아가씨

은하수 강 건너
달빛 타고 오셨네

연보라 실버 은빛 옷
차려입고 오셨네

공주 아가씨

천상에 요정들도 시기했나
커튼 뒤에 숨어 보고

샹젤리아 등불들은
별빛 뿌려 깊어 가는 밤

산새들은 세레나데 아리아 불러주고

왕자님 품속
신데렐라 공주아가씨
은하수 열차 타고 오셨네

달빛 공주 아가씨

찔레꽃

뒷동산 산비탈에 하얀 꽃 꺾어다
꽃병에 꽂고

엄마 엄마 불러봅니다
꿈속에 하얗게 지새우는 밤
울 엄마 훠이훠이 저기 오시네

서울 간 큰 오빠
언니 옷 펼쳐 보이고
새언니 신 보여주시네

네 것은 없다고 엄마 엄마 울지마
더 예쁜 꼬까신 사다 줄 꺼야

울아가 나 죽거든
아빠 곁에 묻어주고
오빠, 언니 오며는 엄마 엄마 울지마

소슬바람 나뭇가지
우는 달밤에
기러기 기럭기럭 날아가는 밤
엄마 찾아 가도 가도
끝이 없는 밤

까만 밤 하얗게 지새우는 밤
엄마 엄마 보고파 지새우는 밤
기러기 기럭기럭 어디로 가나

그대 꽃

내 마음 꽃밭에는
꽃씨를 뿌리고 싹을 틔우고
물을 주고 가꾸는 꽃 하나

아침 햇살에 안녕하고 손 흔들면
생긋방긋 웃으며 다가오고
잘 자라고 인사하면
속눈썹 윙크하며 빠이빠이 인사합니다

여러분도 한 번 본다면
세상에 저렇게 예쁜 꽃이 있나? 하며
시기하고 질투할 거예요

이 세상에 유일한 꽃
내 안에 꽃 아름다운 꽃 지지 않는 꽃
이 세상 다하는 날까지
정성으로 사랑에 물을 주며
마음속 가꾸고 싶은 꽃

제4부

황혼의 사랑

황혼의 사랑

여보
저기 좀 봐요

푸르던 강산
소슬바람에
곱게 단풍 들더니
석양 노을에
붉게 타네요
더 붉게 타네요

여보
저기 좀 봐요

풀꽃

내가
너를
좋아하는 것은

네가
나를
언제나 다소곳이

말없이
바라보기 때문

한번 말해 봐요

여보세요
어디를 그렇게 보고 있나요

외로운가요
쓸쓸한 가요
왜 말이 없나요

털어놓고 얘기하고 싶은
애달픈 사연 이야기 있나요?

한번 말 해봐요

많은 사랑에 추억들
애달픈 사연들
흔적도 없이 구름 따라
바람 따라 속절없이

흘러 간다는데
사라져 간다는 데

한번 말 해봐요

순수한 사랑

내 눈에 콩 깎지가
씌었다고 하네요
내가 미쳤다고 하네요
두런두런 말들 하네요
소문이 났나 봐요

거울 속에 내 얼굴
비추어 봐도
내는 별일 없는데
왜들 그럴까?

내 시력도 2.0 정상이고
이상 없는데
왜들 그럴까?
아마도 지들 눈이 삐었을 거야

그대는

저 둥근 달 바라보며
내 생각 하고 있을까
그대는

사랑의 여로

고등학교 다닐 때는
일기를 쓰며
사이사이 시도 써 넣고
컷 그림도 그려 넣고

그런데 어느 슬픈 날
일기장을 태워버렸습니다

대학교 다닐 때는
멋진 애인을 만나
핑크빛 편지지에
세레나데 소야곡 사랑에 음표
온 정성을 다 했습니다

그리고 어느 슬픈 날
편지들을 태워버렸습니다

그리고 그 후 세월 속

추억은 그리움은 슬픔은

시로 소설로

아직도 그대는 나의 연인입니다

스토리는 그칠 줄 모르고

쓰여지고

나에게 슬픔은 사랑인가

아직도 원고는 태워지지 않고

쓰여지고 있고

산나리야

너는 산이 좋아 산에서 사니

찔레꽃 원추리꽃 진달래
멧새 콩새 팟새
산들바람 좋아
산에서 사니

별님 달님 솔바람 소리 좋아
산에서 사니

산이 좋아 산에서 사니
내가 널 좋아하고 있는 것
너는 알고 있니?

A.G.M.

아름다운 세상

이상도 하지
좋은 곳도 있으련만

맑은 물도 아니고
거무티티한 진흙땅에서
저 연꽃은 발을 담그고
저리도 예쁜 꽃들을 피워 내고 있을까

그리고 저 꽃
꽃중에 꽃 장미는
도깨비 방망이 가시 몽둥이 들고
저렇게 예쁜 꽃을 피우고 있는 것일까

그리고
오물을 버리고 냄새가 나고
파리떼가 끼던 쓰레기장에는
몇 년 지나 어느 날 문득 보니

이름 모를 꽃들이 가득 피어 있네

아름다운 꽃밭 되었네

알 수가 없네

이 세상은 아름다운 세상

서글픈 사랑

조금씩 바람결에 날려 보내면
우리에 추억 잊을 수 있으려나
생각하면 할수록 멀리 있는 사람
오늘도 잊지 못하고 보고픈 사람

우리 사랑 한여름 밤에 꿈이었나
구름처럼 바람처럼 사라져 갔네
한평생 다 하는 날까지
잊지 못하고 보고픈 사람

황혼의 석양 길에 치매라도 걸리면
까마득히 잊어버리고 편한 마음에
훠이훠이 손 흔들며
석양 노을 바라보려나

젊은 날

사랑받고 싶고
사랑하고 싶고
설레이는
꽃봉오리로 피어나
꽃잎에 이슬방울
입맞춤하고

"저 푸른 초원 위에"

풀꽃

저만치
저기에
피어 있는 꽃
내 좋아하는 꽃

당신은
나의 사랑입니다
그대 이름은
풀꽃

내 마음

심심 하네요
누군가를 만나 수다를 떨고 싶네요
외로움네요
누군가 좋은 사람 만나
사랑을 나누고 싶어요
그런 사람 찾아오면
얼마나 좋을까

전화를 걸어볼까

여보세요
맛있는 커피 사드릴 께요
카페로 나올 수 있나요

솟대

잠이 오지 않는 밤
초승달도 지고
별들도 잠든 지 오래된 시간
잠들지 못하고 뒤척이다가

커튼 열고
창밖 정원을 보니
외로운 솟대 하나
소슬한 바람결에 울고만 있네

솟대야
너는 이 깊은밤 잠들지 못하고
어디를 그렇게 보고 있는 거니
누구를 기다리고 있는 거니
너도 나처럼 외로운 거니

대답도 없이 솟대는

눈물지으며

먼 하늘만 바라보고 있었다

울고만 있었다

눈물지으며

소슬한 바람결에 울고만 있었다

첫 데이트

첫 만남 설레임의 강변 데이트
그 남자 내 손 잡아주지 않은 채
말없이 마냥 걷기만 하는거예요

내가 말을 먼저 걸으면
가벼운 헤픈 여자로 볼까 봐
나도 그냥 걸었어요
내가 마음에 들지않았나
생각도 하며

한시 간쯤 걸었나
마냥 걷기만 하는데
그이가 강 건너 카페집을 가리키며
커피를 사 준대요

그런데 강 건너 카페집을 가려면
우리는 징검다리를 넘어가야 했어요

나는 흐르는 징검다리 물살이
너무 무서웠어요 겁이났어요

그이는 자기 손을 꼭 잡으라는 거예요
내 손이 얼마나 떨리는지

중간쯤인가 더는 못 간다고 했더니
자기가 업을 테니 눈을 꼭 감고 있으라는 거예요

내는 온 세상 내 차지인 양 행복했어요
푸르른 하늘엔 흰 뭉게구름 떠가고
징검다리 사랑 꿈만 같았어요

제5부

바다, 하늘 이야기

단비 (애견)

난 네가 좋아

술잔을 거듭거듭 연이어 마셔도

투덜대지 않고

날이 새도록 깊은 밤

한 얘기 하고 또 해도

싫어하지 않고

곁에서 들어주는 네가 좋아

내가 괴롭고 슬플 때면

너는 늘 내 곁에 있어 주었지

짜증 한 번 내지 않고

내 말을 들어 주었지

내 마음 아는지 모르는지

아니지 알고 있겠지

이 세상에 너 같은 여인은 없겠지

하긴 남자도 없겠지만

* 단비: 애견 이름

행복

내 마음이
변함없이
사랑하며
살아가는 것

처음처럼

슬픈 파도(가곡)

하얗게 부서져 흔적도 없는
파도를 따라가며 좋아하던 너
모래 위에 써 내려간 영원한 사랑의 말
파도에 씻겨가 버렸네
애틋한 그 사랑 떠나가버렸네

아직도 해변을 거닐며
그 옛날 쌓던 모래성 찾고 있네
꿈처럼 바람처럼 흘러간 세월에
사르르 사르르 하이얀 사랑
파도에 실려가버렸네

그리워 눈물짓는 내 마음같이
파도는 밤새워 울고만 있네

* 작사: 안창모, 작곡:이종록, 노래: 김래주, 피아노: 김윤경

바다, 하늘 이야기

태초에 하나님이
바다와 하늘을
부부로 짝을 지어 주었답니다

그리고
일출과 석양 노을 때 하루에 두 번
수평선 사랑을 나누며 살라고
언약을 하였답니다

그래도 서로는 너무 사랑에 빠져
바람을 타고 구름을 타고
왔다 갔다 갔다 왔다
바다가 하늘 인지 하늘이 바다 인지
안개 속 사랑을
시도 때도 없이 나누었답니다

화가 난 하나님은
다시 또 수평선을 그어 보이며
이제부터는 일출 일몰 때만
30분 이내 짧은 수평선 사랑 만
허용한다고 말하였습니다

이 약속을 지키지 않으면
너희들은 흑암의 불구덩이 속으로
빠지게 될 거라 하였습니다

겁 많은 바다와 하늘은
그 후로 지금까지 일출 일몰 때 만
수평선 사랑을 하고 있답니다

계절이 오면

어느 해 봄
강둑길 꽃잎 날리던 날
풀꽃 하나
그대 내 머리 위에 꽂아 주었지요

어느 해 여름
소나기 주룩주룩 퍼 붓던 날
그대네집 문 앞까지 우산 받혀 주었었지요

어느 해 가을
수목원 연못가 단풍길 거닐던 날
그대 내 발 아플 때 업어 주었었지요

어느 해 겨울
첫눈이 펑펑 쏟아지던 날
좋아라 활짝 웃으며 흰 눈꽃 송이 받아
그대 내 머리 위에 뿌려 주었었지요

다시 또
봄이 오고
여름이 오고
가을이 오고
겨울이 오고
그때마다 생각나는 그대 모습

그리운 그대
보고 픈 그대

사랑앓이

아 ~ 저렇게 멋질 수가
가슴은 두근두근 떨리고
숨도 고르게 쉴 수 없었다

평상시 지나가는 사람에게
가볍게 길을 묻듯이
말을 부쳐 보지도 못하고
가슴은 콩닥콩닥
마음은 작은 새 되어
가까이 다가갈 수도 없었다

조금 떨어진 곳에서
다른 곳을 보는 척하며
곁눈질로 바라보았다

그렇게 내 사랑 아픔은
시작 되었다

트윈 스카프

영화 속

크라이맥스 파도 속

행복의 바다에 빠지듯이

우리는 행복의 늪에 빠졌었지요

그때마다 한 편의 해피엔딩

영화 연출 배우처럼

열애를 했었답니다

어찌나 빠른 세월

어느새 석양 노을

우리는 행복했던 젊은 날

트윈 스카프 데이트 생각에

오늘도 우리는

짙붉은 트윈 스카프 목도리 하고

손을 잡고

강변 길 나섭니다

산철쭉

사막보다도 더 메마른 곳
바위틈 하늘 절벽에
새가 물어 다 떨어 뜨렸나
씨앗 하나 시집을 왔습니다

쪽바람 쪽비 뿌려주어
싹을 틔웠습니다
따가운 햇살
칼바람 북풍 한파 삭풍 참고
바위틈 오두막 살이
운명이라 체념하고
살아간대요

살다 보니
바위는 엄마 품 되어주고
바람친구 별친구 찾아와

외롭지 않게 살았답니다

하늘을 지붕 삼아

살아간대요

아! 그렇게 쉽게

자기야 나 배 아파
빨리 병원 가요
빨리 택시 불러요
그렇게 허겁지겁 입원 하고
하루 이틀 지나면 퇴원할 줄 알았는데
아내는 그렇게 말했는데

자기야 오늘은
내 옆에서 자요 힘이 빠져요
그래요 그러지 않아도 그러려고 했어요

갑자기 먹구름 밀려와
하나님 살려 주옵소서
가냘픈 기도는 허공에 맴돌고
아! 그렇게 쉽게
일주일 만에 말도 없이 갈 줄이야

여보 미안해요 미안해요
내가 잘 못했어요
평소에 잘 돌보지 못했어요
미안해요
정말 미안해요

부부의 길

넓고 넓은 세상에
모래알처럼
수많은 사람 중에
하필이면 당신

전생에 인연이 있었나
함께 만나
머나먼 사막의 길
오아시스 찾아 가는 길
울기도 했다 웃기도 했다
행복했었다

어제도 오늘도
함께 걸어온 길
걸어가는 길
우리는 연인

어우러진 사랑

이 산골 계곡물과
저 산골 계곡물이
강에서 만나
어우러지듯이

새털구름과 뭉게구름이
저 하늘에서 만나
어우러지듯이

어쩌다 만난 우리
손잡고 어깨동무하고
ㅎ ㅎ ㅋ ㅋ
좋았지비
예써 올

우리 사랑
어우러진 사랑
그런대로 한세상 걸어갑니다

청보리 그녀

산을 좋아하는 그녀
새해 동트는 여명에
산정에 올라
하늘 기운 땅 기운
천지 기운 붓끝에 담아

새해
희망찬 한해
생동하기를
캘리그라피 작품으로
소망을 기원하는
청보리 그녀

아브라 카타브라
기원한 대로 이루어지리라

* 청보리: 세종시 캘리그라퍼 예술인 김순자 필명

기다림

저 멀리 수평선
배 한 척 가뭇가뭇
휴가철 바캉스라네

서울 간 오빠
저 배에
타고 있으려나
오고 있으려나

누나 시집가던 날

아주 어렸을 적
누나 시집가던 날
누나는 정말 예뻤어요

옥색 저고리에 다홍치마 입고
머리엔 칠보화관 쓰고
이마엔 곤지 찍고
두 뺨엔 연지 찍고
청사초롱 불빛 아래
누나는 정말 예뻤어요

많은 사람들 오시고
잔치는 웃음꽃 가득하고
하지만 나는 울었어요

누나는 산 너머 멀리 시집을 가면
돌아오지 않는다는 생각에

나는 장독 뒤에 숨어
남몰래 울었어요

달려갔던 길

그날
돌아오는 길
발길은 무거웠지
무심히 정처 없이 걷던 길
쓸쓸한 바람만 스쳐 지나가고
세상은 텅 빈 허공으로 말이 없고

나는 작은 새 되어
힘겨운 날갯짓 쳐보지만
자꾸만 심연의 바다 속으로
빠져 들었지

사랑이 깊으면 슬픔도 깊어진 다는 것
왜 모르고 무작정 달려갔을까
나도 모르는 일
그저 달려가고만 싶었던 길

후회 없는 사랑

그렇게 달려갔던 길

당신도 그런 적 있겠지요

제6부

슬픈 터널

슬픈 터널

누구는
이런들 어떠리 하고
저런들 어떠리 하고
누구는
떫은 아그배라도
이 세상이 살만하다 하고
누구는
개똥밭이라도
이 세상이 천국이라 하네

그런데 난 왜
미로의 어두운 터널 속 헤메이고 있나
그게 말처럼 쉽지 않아
여기 누구 없소 여기 얘기 나눌 사람 없소
아무도 대답이 없네
여기가 남산 인가 인사동 인가…
지금은 한밤중인가 새벽녘 인가…

눈이 내리네

온 산야
눈이 내리네
하이얀 사랑

당신을
무지무지
사랑했어요

님 떠난 가을

저 멀리 수평선 넘어
밀려오는 파도소리
가을이 오는 소리인 줄 몰랐습니다
가을은 멀리 있는 줄 알았습니다

사르비아 붉게 타던 여름
저만치 가고

창가 뜨락
백일홍 금송화 분꽃 맨드라미 분분하고
바람에 낙엽은 날리고

가을은 가을인가 봐
님 떠난 가을인가 봐
님 떠난 …

운동화를 보며

애 운동화야
어쩌다 나를 만나 고생이 많았구나
더러는 산책길
사뿐사뿐 걷기도 했지만
건강 조깅한다고
뛰고 또 뛰고 한참을 뛰어도
쉬자는 말도 없고

등산을 좋아하는 나
악산 돌부리 길 걷고 걸어도
아프다 하지 않고
언제나 말없이 따르기만 하였구나

그러고 보니 당신은
여지껏 내 등산길 운동화였었구려
이제는 내가 당신의 운동화가 되어
살아갈게요 미안했어요

달님아

"저보다 좋은 사람 있을 거예요"
하고 떠난 사람
잊지 못하고 뒤척이는 밤
일기장도 넘겨보고
편지들도 읽어보고
사진들도 펼쳐보고

한 참 시간이 지났나
창가에 휘영청 밝은 달님
나를 보고 있네

애 달님아
내님도 지금 너를 보고 있을까
행여 보고 있다면
내 모습 슬쩍
그 님에게 비추어 주렴
그러면 다시 또

그님도 내 생각나겠지
비추어 주렴

우리 마냥 손잡고 걷던 길
달님도 따라오던 강변 길
생각나겠지

비가(슬픈 노래)

첫사랑 떨리는 손 거닐던 강변 길
바람은 축복으로 벚꽃잎 뿌려주고
새들도 춤을 추며 따라와 노래 불러 주었는데

우리 사랑 흘러가는 한 조각 구름이었나
달래주지도 못하고 떠나보낸 사랑
아니 올 줄 알면서도 기다리는 이 마음

얼마쯤 참아가면 잊을 수 있나
얼마나 아파하면 잊을 수 있나
계절에 세월에 하이얀 슬픔 되었네
기다림에 지쳐버린 이내 마음
석양 노을 바라보며 울고만 있네

변했을까 예쁘던 얼굴

지금은 어디에 살고 있는지
변했을까 예쁘던 얼굴
잊었을까 내 이름도

보고 싶어요
그대
그리운 그대
보고 싶어요

우리는 연인

A.C.M.

사랑의 언어

자가야~

봄이 오면 무얼 까요?

음~ 꽃이 피지요

여름이 오면?

음~ 비가 오지요

가을이 오면?

음~ 단풍이 들지요

겨울이 오면?

음~ 눈이 오지요

역시 당신은 척 척 박사야

목사님 말씀이 평범 속에 진리가 있대요

어이쿠! 당신은 교수감이네

ㅎ ㅎ ㅋ ㅋ

요로콤

우리는 연인

수선화

긴긴
동면의 밤
지새우고

바람 타고
살며시
밤길 찾아온 너

말은 안 해도
나 보고 싶었다는
너의 미소
난 알 수 있어

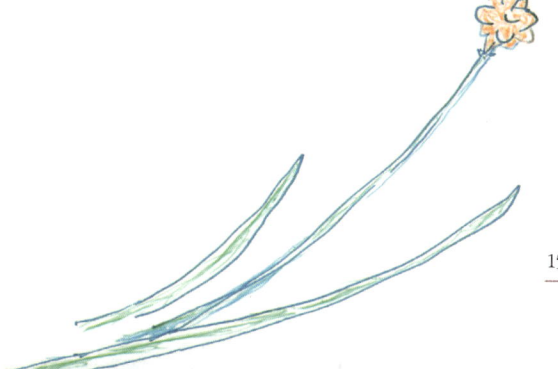

첫사랑

세월 속
비가 오고
눈이 오고
해가 가고
강산이 변하고

그립고 보고 픈 이야기

사랑의 언어

오빠
내 머리
단발머리 컷트가 좋아
파마 웨이브가 좋아

글쎄나~

오빠
내 옷매무새 차림
원피스가 좋아
투피스가 좋이

글쎄나~

나의 소설 1막 1장은
이렇게 시작되었다

물어물어 그녀의 집 찾아가
여보세요 계신 가요 문은 열리고
그녀는 화들짝 놀라 마루로 나와 어쩔 줄 몰라하고
이제 난 죽었구나 하는 것만 같고

아버님 어머님 무례하게 찾아와 죄송합니다
넙죽 절하고
그래 우리 집은 왜 찾아왔는가
어른님 모르게 따님을 만나는 것이
떳떳지 못해 찾아왔습니다

그래 우리 딸을 잘 아는가
편지는 3년간 하고 잠깐 동안 두 번 만났습니다
부모님은 계시고 형제들은 몇인가
질문은 차분히 계속되고
....

어머님은 점심상을 차려오고
그녀는 옆방에서 울고 있는 것만 같고
나는 처갓집이 다 된 양 맛있게 밥을 먹고
이제 그만 가보겠습니다

애야 선생님 가신단다 인사드려라
그녀는 다시 또 마루 위에 어정쩡 서있고
어머님은 집앞길 얼마쯤 배웅하면서
우리 애가 선생님을 좋아하나요
아닙니다
제가 따님을 좋아할 뿐입니다
어머님 아버님 잘 모시겠습니다
그러고 싶습니다

나의 첫사랑 소설 1막 1장은 이렇게 시작되는데
당신의 사랑 이야기 소설 1막은
어떻게 시작되나요

인사동 길에서

인사동 길 갤러리엔
그림들이 뽐내고 있고
거리엔 연인들이 손을 잡고
어깨를 감싸고
사랑에 퍼포먼스를 하고

나도 인사동 길
둘이서 걷고 싶다
애인이 있으면
얼마나 좋을까

그님에게 전화해 볼까
나오려나 나오려나

설레임

며칠 있으면
그님을 만난다

머리는 어떻게 할까
옷은 어느 것을 입고 나갈까
머플러는 어느 색이 어울릴까

거울 속 나 설레는 마음
어느 새
연한 살색 핑크빛 립스틱
바르고 있었다

제7부

무심천 사랑

무심천 사랑

청주 시내엔
무심히 흐른다는
무심천 있어요
무심천 따라
연인들의 데이트길
벚꽃길 있어요

그녀는
무심천 길 걸으며
무심천 전설 얘기 해 주었지요

애틋하게 어린아이 무심천 징검다리 빠져
천국으로 갔건만
무심천은 말없이 무심히 흘러만 가서
무심천이라 불리어 진다고

꿈처럼 행복했던 무심천 길
어찌어찌 이별의 이유도 모른 채
그대 마을 달래주지도 못한 채
우리 사랑 무심천전설 되었나
그리움은 무심천전설 되어
흘러만 가네

얼마나 허전했을까

내 딴에는
소중한 그녀로 간직하고파

마음속 공주 그리며
멋진 이미지만 남기려고
더 함께 있고 싶은 마음 억누르고

아쉬움 남겨주려고
다시 또 올게 하며 훌쩍 떠나왔지요
이런저런 얘기 자세히 해주지도 못하고
그녀 마음 달래주지도 못하고
기숙사까지 바래다주지도 않고 돌아왔어요

얼마나 허전했을까
그렇게 내 연애실력은 0점
기대했던 그대 마음 채워주지 못하고

다시 또 올게 하며 훌쩍 떠나왔던 나
바보 같은 나

미안했어요
정말 미안했어요
지금 다시 만나면 잘할 수 있을 텐데
그때는 왜 몰랐을까

내 생각 하고 있니

그저께도 어제도 네 생각
아니 생각하려 해도
오늘도 어느새 네 생각
내 안에 들어와 있다

너도
오늘 지금
내 생각 하고 있니

내 사랑 저만치

내 사랑 달아나 저만치
내 사랑 잡으려고 가까이 다가가면
저만치 달아나

함께 걷고 싶어 서둘러 다가가면
어느새 저만치
더 멀리 달아나

한 번쯤 되돌아볼 만도 한데

가물가물

기적소리 빗줄기 속
저 산모롱이로
가물가물 사라지고

기러기 떼
석양 노을 속으로
가물가물 멀어져 가고

그대 보고픈 내 마음
길 나서지만
바라보는 저 하늘 속 구름 따라
가물가물 사라지고

그 남자

날 좋아한다고
핑크빛 러브레터
보내오고 보내오고
예고 없이
찾아오고 찾아오고

그때는 내가 공주였었나
미소 짓지 못했어요
그 남자
왜 이리 생각이 날까

이제사
미안한 마음
어찌하면 좋을까요

그녀

한때는 미치도록
사랑한 여인
좋아한 여인

풀꽃처럼
이슬방울처럼
찾아온 그녀

그토록 함께
살고 싶었던 여인

그대 떠난 후

그대 떠난 후
내가 얼마나 슬퍼했는지
당신은 모를 거예요

그대 떠난 후
내가 얼마나 힘들어 했는지
당신은 모를 거예요

그랬었구나 라고
이제라도 생각해 준다면
나 행복해요
당신을 사랑해요

슬픈 우연

비 오는 어느 날
인사도 나눈 적이 없는 고등학교 오빠
소낙비 주룩주룩 오던 날 하굣길
우산을 받쳐 주었어요
한 우산 속 둘이는 함께 걸었어요

그 후 등굣길 버스에서 만나면
우리는 오누이처럼 서로 책가방을 받아 주었어요
때로는 초코렛 과자도 남모르게
호주머니 속에 넣어 주기도 하고

오빠는 서울로 대학을 가면서
저보고 열심히 공부해서
서울서 만나자고 했어요

어느 날 갑자기
오빠네 집은 서울로 이사를 가고

기다려도 기다려도 오빠는 소식도 없고

꽃봉오리로 피어나 꿈 많은 여고 시절
친구들은 참새처럼 수다 떨며 즐거운데
나는 저만치 홀로 작은 새되어
울었어요

풀꽃

저만치
홀로 있는 너
난 네가 좋아

가만히 있어도
난 네가 사랑스러워
보고만 있어도
그냥 좋아

성을 쌓는다

첫눈에 한순간에
너는 내 마음 모두를
빼앗아 갔는데

나는
얼마를 걸려야
네 마음을 얻을 수 있나

어제도
오늘도
돌계단을 오르며
성을 쌓는다

무지갯빛 사랑

우리는

보고 싶었어요

보고 싶었어요

나도 너를
많이 보고 싶었단다
이제 너를 만났으니
여한이 없다
긴 세월에 더 행복하구나
진작에 오지 그랬니

저를 기다리고 사랑하고
있는 줄 알면서도
제 잘못이 많아
미안해서 많이 망설였어요
우린 그리움이 깊어
먼 길을 돌아왔나 봐요
이제는 더 없이

행복해요

사랑해요

연인

그냥

⋮

만

⋮

나

⋮

기

⋮

만

⋮

하

⋮

면

⋮

행복

그대

그대
마음속 깊은 곳
간직하는 꽃
사랑하는 꽃

한국포퍼먼스 1세대 연출가 무세중(프랑스 유학)씨가 그의 아내와 함께
「백제의 혼」 연기문예회관에서 연출(1990. 5. 3.)

연기문예회관 무세중과 드래곤이릭(화가) 포퍼먼스 연출 마치고 김제영 소설가
자택(조치원 의원)에서 장시종 시인, 최광 수필가, 황순배 소설가, 연기문학 회원
들과 함께 축하파티(1990. 5. 3.)

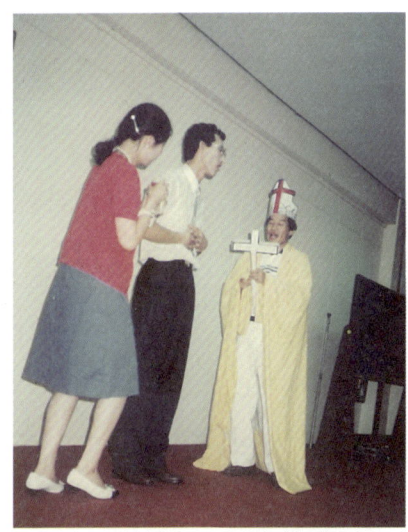

중등영어교사연수(삼청동 교육행정 연수원)에서 「로미오와 줄리엣」 연극에서 신부역 연출(1991. 7. 21.)

제2회 나태주 풀꽃문학제를 축하하며(공주 풀꽃문학관에서, 2019. 10. 19.)

찬안문학인대회를 축하하며(천안상록호텔)
이광복 한국문인협회 명예이사장님과 함께 커피숍에서(2023. 11. 18)

청림회전

〈1973〉 최초의 전시

앞자리에 앉아있는 저자

류종권(송산초)
김광희(합덕중고)
조정동(호서중)
안창모(신촌초)
최정원(당진상고)
손화동(면천중)
강중식(합도초)
이천종(합덕여중)

당진전시 :	1973. 11. 1 ~ 3 교육청 전시실
합덕전시 :	1973. 11. 5 ~ 7 지하다과실
후 원 :	당진군 교육청

안창모 : 기다림
(서양화) 만추
꽃다희
슬픈여인
무(無)

금강국제자연미술재(금강변) 월간
미술아트 객원기자 김제영(소설
가)와 함께 최강철 설치미술작품
(터)을 관람하며(1991. 7. 14.)

예산미술협회전(예산문예회관)
작품앞에서 아내 김은숙 축하를
받으며(1993. 11.29.)

윤송아(홍익미대졸, 영화배우, 탤런트)화가 한국미술협회 주관 대한민국 미술인의
날 행사(홍은동 그랜드 힐튼호텔). mc를 마치고 자리를 함께하며(2017. 12. 5.)

월드아트엑스포2025 삼성역 코엑스 아트페어를
참가하며(2025. 1. 16.)

덕수궁 서울 시립미술관 호크니(영국) 기획초대전(2019. 3. 21.)

호크니 덕수궁 시립미술관 전시장에서 류희영(이화대 미대교수 역임, 국전 대통령상수상 예술원 회원, 덕수궁 시립미술관 전임관장)화가와 함께(2019. 3. 21.)